BRUNO MUSCAT • PHILIPPE STERNIS

# Princesse Zélina

## Le lotus pourpre



BAYARD POCHE

Royaume de
Montagnes
Noires
Landes d'Ohr
Kertala
Royaume
de Loftburg
Sévrougo
Schnitzel
Lac d'Émeraude

Noordévie
N
O
E
S
Baghora
Le château
royal
Obéron
Forêt de
Tildar
Ile d'Ysambre
Port-Duchesse

# Prologue

*La princesse Zélina, fille du roi Igor de Noordévie, est amoureuse du prince Malik de Loftburg, qui le lui rend bien. Rien ne devrait ternir cette idylle… Hélas, c'est oublier les plans maléfiques de la reine Mandragone, seconde épouse du père de Zélina, qui rêve d'asseoir son fils, Marcel, sur le trône.*

*Au commencement de cette nouvelle histoire, le ciel au-dessus de la tête de l'impétueuse jeune fille est une fois de plus lourd de menaces.*

# 1
# Une maladie mystérieuse

– Approche-toi, ma chérie.

La main tremblante du roi Igor se crispa sur celle de Zélina.

Depuis plus d'un mois, un mal étrange rongeait le vieux monarque, et chaque jour ses forces déclinaient un peu plus. Le souverain, naguère fringant, gisait maintenant piteusement dans son lit, entouré de sa fille et des plus grands médecins du royaume. Son visage, d'une pâleur effrayante, était couvert de pustules violacées. Légèrement en retrait, la reine Mandragone contemplait la scène, jubilant en silence.

– Je me meurs, murmura Igor d'une voix rauque. Promets-moi d'être forte, mon enfant, car de lourdes responsabilités t'attendent. Bientôt, ce pays reposera tout entier sur tes seules épaules…

La princesse protesta :

– Mais, Père, nous allons te soigner ! Les meilleurs docteurs…

Le roi secoua la tête :

– Malgré toute leur science, ces brillants savants ne comprennent rien à la fièvre qui me dévore. Kof, kof…

Igor fut pris d'une quinte de toux, et son mouchoir se couvrit de sang.

– Comment voudrais-tu qu'ils parviennent à guérir une maladie qu'ils ne sont même pas capables de nommer ? reprit-il. Non, je dois m'y

résoudre, la vie s'épuise en moi, et il est important que tu te prépares à me succéder. Mais je vais rejoindre ma tendre Mathilde, ta défunte mère, l'esprit serein, parce que je sais qu'avec toi notre précieux royaume est entre de bonnes mains.

– Oh, papa !

– Maintenant, allez-vous-en, s'il vous plaît. J'aimerais dormir un peu…

Zélina déposa un baiser sur le front brûlant de son père et quitta la pièce sans un mot, suivie de la reine Mandragone.

Tandis que la princesse se retirait, le cœur gros, dans sa chambre, Madragone rejoignit ses appartements. Là, vautré sur son canapé cramoisi, l'attendait son âme damnée, le démon Belzékor. L'odieux personnage l'accueillit avec un sourire arrogant, les lèvres maculées de sucre glace :

– Majesté, vos macarons sont absolument divins…

La reine ne daigna pas répondre. En temps normal, les mauvaises manières de l'immonde créature l'auraient exaspérée. Mais aujourd'hui la marâtre de Zélina respirait la bonne humeur :

– Mon ami, j'ignore où vous avez déniché la maladie qui ronge mon cher époux ; en tout cas, sa lente agonie est pour moi le plus réjouissant des spectacles !

– Un marin a rapporté cette fièvre de Cathay*, ma reine, répondit suavement Belzékor. Il m'a suffi de confectionner un philtre avec la salive du malheureux, et le tour était joué… Désirez-vous que j'abrège les souffrances de votre mari ?

– Oh non ! susurra Mandragone avec gourmandise. J'ai trop attendu ce moment. Laissez-moi le savourer pleinement ! Et, lorsque vous en aurez fini avec le père, vous savez ce qu'il vous restera à faire avec la fille…

Pendant ce temps, dans la bibliothèque de l'université d'Obéron, Malik passait au crible tous les ouvrages de médecine, y cherchant désespérément un début de diagnostic. Le jeune homme referma en soupirant une grosse encyclopédie. Une fois encore, il n'avait rien trouvé… Soudain, son regard se posa sur les étranges caractères dorés qui ornaient le dos d'un petit volume qu'il n'avait pas remarqué jusqu'ici. Malik se leva et le tira de son rayon.

*Cathay : ancien nom de la Chine.

Le livre, rédigé dans une langue inconnue, était visiblement un manuel de médecine orientale. Ses nombreuses illustrations paraissaient décrire des symptômes et des soins. Alors que le prince le feuilletait sans y croire, une page attira son attention. Il écarquilla les yeux, et une bouffée de chaleur l'inonda :

– Non, ce n'est pas possible… Enfin !

# 2
# Le remède de Malik

Son livre sous le bras, Malik courut jusqu'au château.

Zélina, qui l'avait vu arriver depuis la fenêtre de sa chambre, dévala les escaliers et l'accueillit sur la terrasse :

– Que se passe-t-il, mon amour ?

Sans même reprendre son souffle, le prince annonça :

– Je… je crois que j'ai découvert le moyen de guérir votre père !

La jeune fille pressa son amoureux :

– Comment ? Racontez-moi…

– Tout est là, déclara fièrement Malik en brandissant son ouvrage.

Il l'ouvrit sur un feuillet orné de nombreux dessins :

– Que voyez-vous ?

– Je vois une page couverte d'une écriture illisible, répondit Zélina en faisant la moue.

Malik indiqua l'une des illustrations :

– Regardez plus attentivement : la pâleur, les pustules, la bouche en sang…

Zélina examina le croquis : en effet, les symptômes de la maladie dont souffrait le roi y étaient dessinés avec exactitude.

– Et je pense que la grande gravure du milieu figure le remède à adopter, ajouta le prince, tout excité.

Au centre de la page, un schéma représentait une silhouette humaine parcourue de lignes cabalistiques et semée de points étranges. La découverte de Malik laissa Zélina dubitative :

– Mais comment soigner mon père sans comprendre cette langue inconnue ?

Le prince eut un petit sourire satisfait :

– C'est du chinois ! J'ai trouvé à la bibliothèque un dictionnaire qui m'a permis de traduire quelques bribes du texte. Tenez, le titre, par exemple, évoque le grand pouvoir du lotus pourpre.

– Le grand pouvoir du lotus pourpre ?

– Le lotus pourpre est une plante, expliqua doctement l'étudiant en sciences naturelles, un lointain cousin de notre nénuphar. On dirait que ce schéma désigne les points du corps sur lesquels on l'applique… Je n'ai pas encore tout déchiffré, il me faudrait des jours entiers pour le faire. Cependant, d'expérience, je pense que l'on doit d'abord réduire le lotus en onguent. C'est souvent ainsi que fonctionnent ces médecines exotiques !

Reprenant soudain espoir, Zélina s'écria :

– Formidable ! Et où pouvons-nous trouver ce fameux lotus ?

Le jeune homme regarda ses pieds en rougissant et bredouilla :

– C'est que… je crains qu'il ne pousse qu'en Chine…

La princesse laissa échapper un cri de désespoir. Malik essaya de la prendre dans ses bras pour la consoler, mais elle se dégagea avec brusquerie. Pourquoi était-il ainsi venu lui donner de faux espoirs ?

– Vous êtes cruel, mon prince !

– Si nous lançons dès aujourd'hui une expédition qui…

– Que vous êtes naïf ! s'emporta Zélina. À son retour, mon père sera mort depuis longtemps !

Elle regretta aussitôt ses paroles. Ce pauvre Malik désirait juste l'aider ! La jeune fille caressa tristement la joue de son bel amoureux :

– Pardonnez-moi, mon chéri, j'aimerais rester seule.

Zélina embrassa tendrement Malik, remonta dans sa chambre et s'y enferma à double tour. Ses yeux remplis de larmes croisèrent leur reflet dans le magnifique miroir laqué qu'elle avait hérité de sa mère. Ces dernières semaines, on aurait dit qu'elle avait vieilli de dix ans. La jeune fille tomba à genoux et enfouit son visage dans ses mains.

– Qu'allons-nous devenir ? murmura-t-elle en sanglotant.

# 3
# Le miroir de Mathilde

À cet instant, un parfum de rosée d'une infinie délicatesse envahit la pièce. Zélina sentit une main légère effleurer son épaule. Elle releva la tête et découvrit, stupéfaite, le reflet aérien de la reine des fées* dans le miroir.

L'apparition se posa doucement à côté d'elle :

– Ne sois pas surprise, mon enfant ! C'est ta marraine, la fée Rosette, qui m'a dit que tu avais besoin de moi.

*Voir *Le rosier magique*.

Chère Rosette ! Avec tous ces soucis, Zélina l'avait un peu négligée ces derniers temps. Alors que la jeune fille s'apprêtait à exprimer quelques remords, la reine des fées lui fit signe de se taire :

– Chut ! Écoute-moi, plutôt... Je suis venue te raconter une histoire...

La gracieuse magicienne caressa les cheveux de jais de la princesse :

– Il y a bien longtemps, un couple de voyageurs venus de la lointaine Cathay arriva dans un petit royaume douillettement blotti entre ses montagnes, sa forêt et son lac. Très vite, une amitié profonde naquit entre la noble dame, nommée Su Chen, et la reine de ce royaume.

– Mathilde, ma mère ? chuchota Zélina.

La fée acquiesça en souriant :

– Oui, mon enfant. Ta mère, ma filleule adorée... Un jour, hélas, les voyageurs durent retourner chez eux, ce qui fendit le cœur des deux amies. Avant de partir, Su offrit à Mathilde l'un des magnifiques miroirs jumeaux qu'elle emportait partout avec elle et lui promit : « Chaque fois que je me regarderai dans ce miroir, je penserai à toi. Qu'il en soit de même pour toi, et rien ne pourra jamais nous séparer. » Ta mère en fit évidemment le serment, et je sais qu'elle y est restée fidèle toute

sa vie. Elle a passé de nombreuses heures devant son miroir à lui confier ses bonheurs, ses tracas et ses tourments…

Les yeux de la princesse s'embuèrent. L'évocation de Mathilde provoquait toujours chez elle une intense émotion.

– Ne pleure pas, Zélina…, dit la fée. C'est une belle histoire ! Et c'est grâce à elle que tu vas pouvoir aller chercher le lotus pourpre en Chine…

La dame blanche agita sa baguette au-dessus du miroir. La surface de la glace se troubla.

– Je viens de t'ouvrir une porte vers la Chine. Traverse le miroir de Mathilde, et tu ressortiras là-bas par celui de Su Chen !

Zélina la contempla, médusée. Une petite lueur espiègle brilla dans le regard de la reine des fées :

– Oh ! J'allais oublier…

Elle tapota la tête de la princesse avec sa baguette :

– À partir de maintenant, tu parles couramment chinois !

Après un dernier sourire, son image s'estompa, et elle disparut dans les limbes.

Zélina tendit la main vers son image… La glace aspira ses doigts, qu'elle retira vivement.

– Eh bien… En route pour la Chine ! balbutia-t-elle, peu rassurée.

La princesse respira un grand coup et, prenant son courage à deux mains, plongea dans son reflet.

# 4
# De l'autre côté du miroir

En cette nuit de pleine lune, le calme régnait sur T'Sian Min, la capitale de la province de Shangzhou, aux marches de la Chine. Seule scintillait dans l'obscurité une petite fenêtre dans le palais du gouverneur…

– Prépare-toi à mourir, Ombre Blanche !

Au pied de la grande statue de Bouddha qui ornait ses appartements, le maître des lieux pointait sa lance sur le cœur d'un homme masqué qui gisait à ses pieds.

– Ne te réjouis pas trop vite, gouverneur Q'in. Si tu me tues, d'autres prendront ma relève, et, tôt ou tard, tu paieras pour tout le mal que tu fais à notre peuple !

Au moment où le gouverneur allait assener le coup fatal, quelque chose lui percuta le dos et le fit vaciller. La lame ripa et se planta dans le plancher. Le fonctionnaire pivota sur ses talons et resta un instant interdit : là, devant le miroir dans lequel il aimait tant s'admirer, se tenait, toute tremblante, une jeune fille aux cheveux de jais et à l'apparence étrange.

– Mais… qui es-tu ? Que fais-tu ici ? éructa-t-il en brandissant son arme.

Tétanisée par la peur, Zélina ne répondit pas.

– Encore une de tes ruses, Ombre Blanche ! Ton amie fera moins la maligne quand je l'aurai embro…

Il n'eut pas le temps de terminer sa phrase. Vif comme l'éclair, l'homme masqué s'était déjà relevé et avait saisi un énorme vase, qu'il brisa sur

la nuque de son agresseur. Celui-ci s'écroula sur le sol, assommé. Le dénommé Ombre Blanche récupéra aussitôt son épée et agrippa le bras de la princesse :

– Je ne sais pas qui tu es, ni comment tu es arrivée ici, mais il vaut mieux que le gouverneur ne te trouve pas dans son salon quand il reviendra à lui !

Ombre Blanche entraîna Zélina à la fenêtre :

– Suis-moi !

D'un bond prodigieux, il plongea sur un petit toit qui brillait en contrebas sous la lune. Zélina hésita. En se retournant, elle vit le gouverneur reprendre ses esprits. Elle n'avait pas le choix ; elle s'élança elle aussi dans le vide. Ombre Blanche saisit sa main et se mit à courir – à voler, presque ! – sur les tuiles vernissées, emmenant derrière lui la petite princesse ahurie. Ils finirent par atteindre le mur d'enceinte du palais. Un cheval attendait dehors. L'homme sauta sur la selle.

– Alors, tu viens ?

Déjà, on entendait les cris des gardes. Zélina bondit à son tour sur le cheval. Ombre Blanche lui tendit avec autorité un foulard et lui intima l'ordre de se bander les yeux, avant d'éperonner sa monture.

Ils galopèrent à bride abattue des heures durant. Lorsque le cheval s'arrêta enfin, Ombre Blanche retira le bandeau de Zélina. Les deux fugitifs mirent pied à terre. Ils se trouvaient au fond d'un vallon noyé par une épaisse forêt de bambous. L'homme siffla entre ses doigts, et les bambous s'écartèrent, laissant passer une dizaine de personnes, qui regardèrent

Zélina d'un air méfiant. Ombre Blanche fit signe qu'ils n'avaient rien à craindre, et le petit groupe s'enfonça dans la forêt, cheminant au milieu des longues tiges vertes. Ils débouchèrent à l'entrée d'une grotte, où les attendait un vieillard chenu, qui tança vertement Ombre Blanche :

– Eh bien, jeune téméraire, tu sais pourtant que je n'aime pas que tu disparaisses ainsi, seul, sans me dire où tu vas… Et qui est cette jeune fille bizarrement accoutrée ?

– Sage Lin Zhao, le gouverneur m'est tombé dessus au moment où j'inspectais son coffre. Heureusement, cette demoiselle a jailli de nulle part et m'a sauvé la vie. Je ne pouvais quand même pas l'abandonner entre ses griffes !

Le vieil homme regarda Zélina avec insistance. Elle se sentit scrutée au plus profond d'elle-même.

– Tu as de la chance, Ombre Blanche, je crois que ses intentions sont aussi pures que l'eau du torrent… Mais à l'avenir, s'il te plaît, fais preuve de plus de prudence !

D'un geste agacé, le cavalier ôta alors son masque. Zélina n'en crut pas ses yeux : le mystérieux Ombre Blanche était en réalité une jeune fille, fort belle de surcroît !

# 5
# Les secrets d'Ombre Blanche

Ombre Blanche, vexée par les réprimandes du vieux sage, lui signifia poliment son congé :

– Bon Lin Zhao, la nuit a été longue, et il est temps pour tout le monde d'aller se reposer...

Elle demanda à l'un des hommes qu'on leur apporte de la nourriture et emmena Zélina dans une galerie confortablement aménagée. On leur présenta un plateau avec deux bols de riz et de la viande coupée en fines lamelles, agrémentée de légumes bouillis. Ombre Blanche prit son bol dans une main et saisit de la viande de l'autre avec des baguettes. Elle désigna le second bol à Zélina.

– Servez-vous, mademoiselle. Et expliquez-moi comment vous avez jailli derrière ce félon de gouverneur pour me sauver la vie!

Zélina ne savait pas par où commencer. Son aventure était si incroyable! Ombre Blanche allait sûrement la prendre pour une folle... Mais le temps pressait, et la jeune Chinoise pouvait peut-être l'aider à sauver son père.

– Croyez-vous à la magie? lança la princesse en essayant en vain d'attraper une lamelle de chou avec ses baguettes.

Elle relata son histoire sans en omettre le moindre détail. Elle parla de la Noordévie, son royaume, de Su Chen, du serment des miroirs et du lotus pourpre qui devait guérir son père. À la grande surprise de Zélina, jamais Ombre Blanche ne parut douter, ni ne se moqua de ses paroles. La belle guerrière écouta le récit de l'étrange voyageuse en silence. Cependant, son visage exprimait un trouble grandissant. Lorsque Zélina se tut, Ombre Blanche murmura dans un souffle :

– Je m'appelle Meï Chen. Su Chen était ma mère…

Zélina manqua de s'étrangler :

– Vous… vous êtes la fille de Su Chen ?

Et Meï raconta à son tour… Alors qu'elle n'était encore qu'une petite fille, l'empereur avait promu son père, Lao Chen, gouverneur du Shangzou. La province était à l'époque la proie d'un mystérieux bandit nommé le Tigre Noir, et l'empereur ordonna à Lao de mettre fin aux agissements du brigand et de sa bande. Dans cette mission, Lao Chen était épaulé par le général Q'in et ses troupes. Une nuit, le Tigre Noir et ses hommes pénétrèrent dans le palais du gouverneur. Ils assassinèrent Lao, Su et tous ses autres occupants. Tous ? Non, car le vieux Lin Zhao, le médecin des Chen, parvint à s'échapper en emmenant Meï avec lui. Poursuivis par les hommes du Tigre Noir, les fuyards plongèrent dans les eaux tumultueuses du

Fleuve Rouge. Devant les flots démontés, les bandits rebroussèrent chemin, persuadés que Lin et Meï s'étaient noyés. Or les deux fugitifs réussirent à s'agripper à un tronc d'arbre, et ils survécurent... Après ces terribles événements, le général Q'in prit la place de Lao Chen et s'installa dans le palais. C'est ainsi qu'il hérita du miroir de Su. Le nouveau gouverneur commença alors à diriger la province d'une main de fer, écrasant ses habitants d'impôts

et jetant en prison ceux qui osaient s'opposer à lui. Plus personne n'entendit parler du Tigre Noir.

– Les années ont passé. Plus je grandissais, plus j'étais révoltée par les horreurs commises par Q'in. Je n'étais pas la seule… Peu à peu, un groupe de gens décidés à chasser le gouverneur et à rétablir une paix juste dans la province s'est réuni autour de Lin Zhao et de moi. C'est ainsi que je suis devenue Ombre Blanche, chef des rebelles du Shangzou.

La voix de Meï s'anima :

– Loin de Pékin et de l'empereur, Q'in est tout-puissant. Je suis sûre qu'il était de mèche avec le Tigre Noir, et je n'aurai de cesse de le prouver, même si cela doit me coûter la vie !

Zélina, pleine d'admiration pour le courage de la jeune femme, la remercia de sa confiance.

– C'est moi qui te suis reconnaissante, princesse Zélina. Sans toi, je serais morte à l'heure qu'il est. Dis-moi ce que je peux faire pour toi…

– M'aiderais-tu à rapporter un lotus pourpre chez moi au plus vite ?

Meï réfléchit un instant :

– Trouver un lotus pourpre n'est pas bien difficile ; les bassins du palais en sont pleins. En revanche, pour que tu puisses traverser le miroir dans l'autre sens, il va falloir retourner dans les appartements du gouverneur… Cela dit, cette idée n'est pas pour me déplaire : je n'y ai pas encore découvert ce que je cherchais. Le tout est de choisir un moment propice pour cette visite…

La rebelle eut un petit sourire moqueur :

– Mais, d'abord, je dois t'apprendre à manier les baguettes… Tu ne me seras pas d'une grande aide si tu meurs de faim !

# 6
# La Grue blanche et le Dragon assis

Le jour était déjà levé quand Meï réveilla sa protégée :

– Debout ! Si nous devons nous rendre au palais, il va falloir que tu t'exerces à te battre.

Elle tendit à la princesse un pantalon et une tunique identiques aux siens :

– Enfile ça, tu seras plus libre de tes mouvements.

Ombre Blanche entraîna Zélina dans une petite clairière en contrebas de la grotte. Elles étaient suivies par Lin Zhao, qui n'aurait manqué la démonstration pour rien au monde. Tandis que le vieux sage s'installait sur un rocher, Meï se mit en position de combat :

– Tout d'abord, je vais te montrer comment donner un vrai coup de pied !

La jeune Chinoise se pencha en arrière et lança son pied vers la figure de Zélina, qui recula, effrayée.

– Je ne vais pas te frapper, rassure-toi ! Essaie à ton tour…

Zélina tenta d'imiter son amie, mais sa jambe ne partit pas très haut.

– Mets-y un peu de conviction, tout de même ! se fâcha Meï.

La princesse serra les dents. Elle imagina son imbécile de demi-frère Marcel à la place de la jolie rebelle.

– Ah, c'est mieux ! Plus fort, maintenant…

La fille du roi Igor était une élève appliquée, et Ombre Blanche parvint à lui inculquer quelques mouvements simples, aux noms imagés et à

l'efficacité redoutable. Après les positions de la Grue blanche et du Dragon assis, elle passa aux techniques du Printemps radieux et de la Mante religieuse…

– Jamais je ne réussirai à me souvenir de tous ces enchaînements ! soupira Zélina, à bout de souffle.

Maître Lin Zhao lissa sa barbe :

– Il faut des années et beaucoup de travail pour maîtriser le kung fu, notre art du combat. Tu as encore un long chemin à parcourir pour acquérir l'agilité du chat, la force du buffle et la légèreté de la libellule. Mais bon… tu ne t'en tires pas si mal !

Grisée par le compliment, Zélina se remit en position. Hélas, son pied roula sur un rondin de bambou. L'apprentie combattante ressentit alors une douleur fulgurante à la cheville et faillit tourner de l'œil. La voyant vaciller, Meï et Lin Zhao se précipitèrent vers elle. Le médecin l'aida à s'allonger et regarda sa jambe :

– Mmm… c'est une grosse entorse. Meï, cours me chercher une boîte d'aiguilles !

Zélina pâlit : des aiguilles ? Pour quoi faire ? Meï revint rapidement avec un petit étui d'acajou, qu'elle remit au vieux sage. Il en souleva le couvercle et en sortit quelques piques effilées.

– Je vais t'enfoncer ces aiguilles sous la peau. Mais, rassure-toi, elles te feront plus de bien que de mal.

– C'est une étrange façon de soigner, grimaça Zélina, peu rassurée.

– On l'appelle « acupuncture », et elle est très puissante ! Elle consiste à stimuler quelques points précis du corps au moyen de piqûres…

Effectivement, dès que le vieil homme eut planté ses aiguilles dans la jambe de la princesse, la douleur s'estompa comme par magie.

– Ma cheville est guérie ! s'enflamma-t-elle. C'est miraculeux !

Le docteur sourit en rangeant ses instruments : cette jeune fille était décidément charmante…

– Tiens, dit-il en lui tendant l'étui. Je te les offre en souvenir !

Non loin de là, Meï était en train de lire un message qu'elle venait de recevoir. Elle le replia et s'approcha de Zélina :

– Chère élève, tu vas bientôt pouvoir mettre en pratique ce que je t'ai appris. Un envoyé de l'empereur vient d'arriver chez le gouverneur, et je crois que c'est le moment idéal pour nous d'agir, et pour toi de rentrer à Obéron avec un lotus pourpre !

# 7
# Les baladins de T'Sian Min

Les visites d'un représentant du Fils du Ciel* au Shanghzou étaient rares ; aussi le gouverneur Q'in désirait-il donner à l'événement le lustre qu'il méritait.

Il fit chasser par sa garde tous les mendiants et les vagabonds des rues de T'Sian Min, puis il convoqua les plus habiles cuisiniers, les meilleurs musiciens et les plus jolies artistes de la province. Ainsi, son invité, étourdi, ne risquait pas de s'in-

*Fils du Ciel : autre nom donné à l'empereur de Chine.

téresser de trop près à la façon dont il s'occupait de sa province…

Meï posa son pinceau, son pot de fard et tendit un miroir à Zélina :

– Comment te trouves-tu, maquillée de cette façon ? Qui pourrait soupçonner que tu n'es pas une authentique danseuse chinoise ?

Tôt dans la matinée, les deux amies avaient quitté la forêt en charrette avec une poignée de fidèles pour gagner la capitale de la province.

Lin Zhao avait bien été obligé de s'incliner : l'occasion de démasquer ce félon de Q'in et de plaider leur cause devant un envoyé de l'empereur ne se représenterait pas de sitôt ; il fallait en profiter.

Déguisés en baladins, les rebelles s'étaient fondus dans la foule bigarrée qui se pressait dans T'Sian Min, et faufilés sans encombre jusqu'à la cour du palais du gouverneur. Là, au milieu d'une centaine d'autres saltimbanques, ils attendaient le bon vouloir du maître des lieux.

Un coup de gong retentit. Le grand chambellan du gouverneur sortit sur le perron et observa longuement l'assistance. Il pointa l'index en direction de Meï et Zélina :

– Vous deux, venez avec vos musiciens ! Vos frais minois raviront leurs excellences…

La petite troupe suivit le chambellan à travers le labyrinthe de couloirs, d'escaliers et de jardins suspendus qui menait aux appartements du gouverneur. Alors qu'elles passaient devant un bassin, Meï poussa Zélina du coude et désigna discrètement les magnifiques fleurs rouges qui flottaient à sa surface :

– Ce sont des lotus pourpres… Tu vois, ce n'est pas ça qui manque ici !

Ombre Blanche et les siens débouchèrent enfin dans une vaste pièce que la princesse reconnut tout de suite. Sous la grande statue dorée de Bouddha, face au miroir de Su, se dressait une table de banquet richement garnie. Le gouverneur et son invité, assis en tailleur sur une confortable banquette, devisaient en dégustant du vin de riz. Malgré le poids des ans, Q'in restait un guerrier imposant. Sa silhouette trapue et musclée, ses yeux noirs fendus et sa fine moustache tombante le faisaient ressembler à un vieux matou aux griffes encore acérées. Zélina le salua en joignant les deux mains, et le regard qu'il lui lança la fit frissonner jusqu'au bout des orteils.

– Eh bien, qu'attendez-vous ? demanda-t-il.

Au son de la flûte et du tambour, Meï et Zélina déroulèrent de longues bandes de soie et se mirent

à danser en faisant flotter leurs rubans dans les airs. Envoûté par le spectacle, l'envoyé de l'empereur battait la mesure en dodelinant de la tête.

D'un geste, Q'in invita les jeunes filles à s'approcher. Comme elles hésitaient, il insista :

– Ne soyez pas timides !

Les danseuses s'avancèrent à petits pas vers leurs hôtes.

– Elles sont charmantes, n'est-ce pas, noble Sho Wong Li ? susurra le gouverneur en invitant Zélina à venir plus près encore.

Sho Wong Li n'eut pas le temps d'acquiescer que, déjà, Q'in s'était levé d'un bond et avait saisi Zélina par le cou. Il souleva la princesse en rugissant :

– Alors, misérable espionne, qui croyais-tu tromper avec ce déguisement ridicule ?

Elle essaya de lui assener un coup de pied de la Grue blanche, mais elle ne réussit qu'à perdre sa sandale…

# 8
# Le ventre du bouddha

Les doigts de Q'in serrèrent un peu plus la gorge de Zélina :

– Je ne sais pas pourquoi tu es revenue, mais tu vas me dire où est ton complice, Ombre Blanche !

L'envoyé de l'empereur tiqua :

– Ombre Blanche ?

– C'est un cruel bandit qui terrorise les honnêtes gens de cette province depuis trop longtemps ! gronda le gouverneur.

Le placide Sho Wong Li s'étonna :

– Un bandit ? Pourquoi ne m'en avez-vous rien dit ? Vous vous souvenez pourtant de l'histoire du sinistre Tigre Noir et de la tragédie qui a coûté la vie à votre prédécesseur, le très estimé Lao Chen, et à toute sa famille !

Une lueur mauvaise traversa le regard de Q'in :

– Je ne voulais pas inquiéter Votre Excellence avec ces peccadilles…

Ce fut à ce moment que Meï, prenant son courage à deux mains, dégrafa sa ceinture et leva crânement devant Q'in l'épée qu'elle dissimulait sous sa tunique de soie :

– Lâche-la, félon ! C'est moi que tu cherches.

Puis elle cria à ses hommes :

– Protégez nos arrières…

Pendant que les rebelles s'éparpillaient dans les couloirs pour faire face à d'éventuels gardes, le gouverneur, incrédule, toisa la jeune femme campée devant lui. Il éclata d'un rire tonitruant :

– Je n'ose pas le croire… Et pourtant je reconnais bien ta voix, Ombre Blanche !

– Vous voulez dire… que cette jeune fille est le fameux hors-la-loi dont vous venez de parler? bredouilla le représentant du Fils du Ciel.

– Noble Sho Wong Li, détrompez-vous: il n'y a qu'un seul brigand ici, et c'est lui! s'exclama Meï en menaçant Q'in de son épée.

À ces mots, le gouverneur projeta Zélina contre la grande statue dorée, plongea derrière la banquette et en rejaillit en brandissant un sabre:

– À nous deux!

Les lames s'entrechoquèrent. Ombre Blanche reculait sous les assauts du colosse, qu'elle réussissait toutefois à esquiver avec agilité.

– Pas mal, la punaise ! ironisa Q'in. Je sens que je vais m'amuser !

Étendue au pied du bouddha, Zélina mit quelques minutes à retrouver ses esprits. Tentant de se relever, elle prit appui contre le ventre d'or. C'est alors qu'elle sentit son index s'enfoncer dans le nombril de la divinité. Il y eut une cascade de cliquetis, et la statue s'ouvrit lentement en deux.

Découvrant tout à coup le contenu de l'étrange armoire, Meï s'immobilisa, stupéfaite. Q'in, d'un mouvement audacieux, la dépouilla de son épée. Lorsque l'arme retomba devant lui, il se retourna pour regarder ce que contemplait ainsi son adversaire et il blêmit.

– Le… le costume du Tigre Noir ! balbutia Sho Wong Li.

L'envoyé de l'empereur avait reconnu la tunique sombre et le masque monstrueux rangés dans les entrailles de la statue. Meï tenta de récupérer son épée, mais Q'in la poussa violemment sur le canapé, qui vola en éclats. Fou de rage, il gronda :

– Peste soit de mon sentimentalisme ! J'aurais dû me débarrasser de ce costume depuis longtemps !

Meï ne bougeait plus. Le gouverneur se tourna vers Sho Wong Li et Zélina, et siffla :

– Vous comprendrez qu'il faut maintenant que je vous tue tous ! Et que je dois commencer par vous, Excellence.

# 9
# Le Tigre est en cage !

Qin se pencha, ramassa l'épée de Meï et l'approcha de la gorge de Sho Wong Li.

– Noble envoyé, vous allez mourir par la lame d'Ombre Blanche. Ainsi, la responsabilité de votre meurtre retombera sur elle… Et elle ne pourra pas se défendre, puisque je vais la tuer elle aussi !

– Comme vous avez assassiné Lao et Su Chen, n'est-ce pas ? lança Zélina avec une pointe d'insolence.

Le gouverneur la regarda d'un air suffisant :

– Eh oui… C'est le prix à payer quand on se met en travers de mon chemin !

– Et toi, tu vas voir ce qu'il en coûte de s'attaquer à Meï Chen ! souffla une voix derrière le renégat.

Q'in se retourna comme un taureau enragé :

– J'aurais dû m'en douter ! Tu n'es donc pas morte dans les eaux du Fleuve Rouge ?

– Peut-être ne suis-je qu'un spectre revenu te hanter ? persifla une Ombre Blanche encore chancelante, mais dont le regard de braise trahissait la volonté farouche d'en découdre.

Zélina attira l'envoyé de l'empereur à l'abri derrière la statue de Bouddha. Un instant déstabilisé, le gouverneur chargea Meï avec son épée. La jeune femme, campée sur ses jambres, ne recula pas. Elle ôta sa tunique et, dans un même mouvement, la lança tel un fouet vers l'arme de son agresseur. Le tissu s'enroula autour de la lame, qu'elle arracha de la main de Q'in d'un geste sec.

– Voilà, scélérat, nous sommes à armes égales !

Meï, galvanisée par les aveux de l'assassin de ses parents, paraissait avoir recouvré toutes ses forces. Le gouverneur attaqua de nouveau. La rebelle para ses coups et lui frappa le visage avec son avant-bras et son poing. Q'in se passa la main sous le nez :

– Je saigne, petite peste !

Aveuglé par la colère, l'homme se précipita sur sa proie. Mais, avant qu'il ne puisse la toucher, Meï sauta en l'air et lui assena un terrible coup de sandale dans la poitrine. Sous la force de l'impact, le gouverneur tituba jusqu'au pied de la statue. Zélina fit un signe discret à l'envoyé de l'empereur, et ils poussèrent le bouddha de toutes leurs forces. La statue vacilla sur son socle et s'effondra sur le gouverneur.

– Ahh ! cria celui-ci, englouti par son immense penderie d'or.

En entendant les glapissements du gouverneur coincé sous son armoire, Zélina s'esclaffa :

– Ça y est, Meï : le Tigre est en cage, et il va enfin pouvoir répondre de ses crimes !

L'envoyé de l'empereur toussota :

– Hum, hum, mademoiselle Chen. Je crois qu'il est temps pour nous d'avoir une petite conversation…

– Tout à fait, Excellence. Mais la princesse Zélina a d'abord une fleur à récupérer…

Pendant que Sho Wong Li ordonnait aux gardes du palais de mettre Q'in en prison, Zélina sortit avec Meï dans le jardin. Elle cueillit le plus beau lotus qu'elle trouva et le glissa dans une petite bourse de soie.

Puis les deux amies remontèrent dans le salon du gouverneur.

– Ma chère Meï, il est temps pour moi de partir, dit la princesse. Je dois rejoindre mon père…

Les yeux de Meï se remplirent de larmes :

– Je sais. Je n'oublierai pas tout ce que tu as fait pour moi, petite élève. Tu vas me manquer !

– Toi aussi, Ombre Blanche, murmura Zélina, bouleversée. Mais, grâce aux miroirs de nos mères, nous ne serons jamais loin l'une de l'autre. Rappelle-toi les paroles de Su…

Meï sourit en caressant le bois laqué :

– « Chaque fois que je me regarderai dans ce miroir, mon cœur y verra le tien. Qu'il en soit de même pour toi, et rien ne pourra jamais nous séparer. » Oui, je m'en souviendrai !

– Adieu, Meï !

– Adieu, Zélina… Ou plutôt à bientôt !

Quand Meï termina sa phrase, son amie avait déjà passé la porte magique qui allait la ramener chez elle.

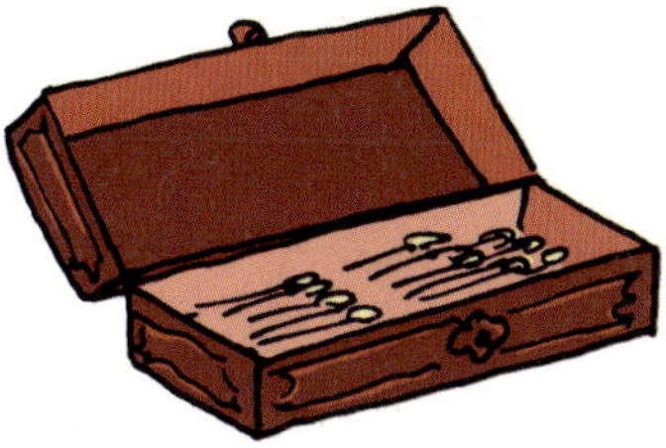

# 10
# Un lotus peut en cacher un autre

Malik et Ambre, la demoiselle de compagnie de Zélina, manquèrent de s'étrangler lorsqu'ils virent la princesse jaillir de sa chambre habillée en danseuse chinoise.

– Majesté, votre père est au plus mal. Et vous… vous restez introuvable ! la réprimanda Ambre.

– Ma chérie, ça fait deux jours que nous vous cherchons partout, continua Malik, énervé.

– Allons vite rejoindre le roi ! s'écria Zélina en les entraînant dans les couloirs.

Monsieur Belzékor, posté dans un recoin sombre du couloir qui menait à la chambre d'Igor, aperçut les trois jeunes gens qui s'approchaient d'un pas rapide. Zélina, qui paraissait particulièrement excitée, expliquait à Malik :

– Si j'ai disparu, c'était pour me procurer une fleur de lotus pourpre, le fameux remède dont vous m'avez parlé.

– Et alors ?

– Alors... la voici ! répondit-elle, triomphante, en agitant la bourse de soie sous le nez du jeune homme.

Le démon se mordit la lèvre alors qu'ils passaient devant lui sans le voir. Quoi ? Cette petite garce avait réussi à trouver un moyen de soigner son maudit géniteur ? Mais... tout son plan génial allait tomber à l'eau ! Et ça, ça signifiait s'attirer encore les foudres de son acariâtre maîtresse, ce qui était hors de question ! Pendant que les trois jouvenceaux s'éloignaient, le petit être malfaisant tendit son doigt crochu vers eux et marmonna entre ses dents :

– *Par la barbiche et les sabots de Baphomet,*
*Que se flétrisse le contenu de ce gousset !*

Zélina se pencha sur son père. La respiration du souverain était rauque, et son teint, blafard. Dévoré par la fièvre et à demi inconscient, il reconnut à peine son enfant. Le cœur de la princesse se serra :

– Nous allons te sauver, papa...

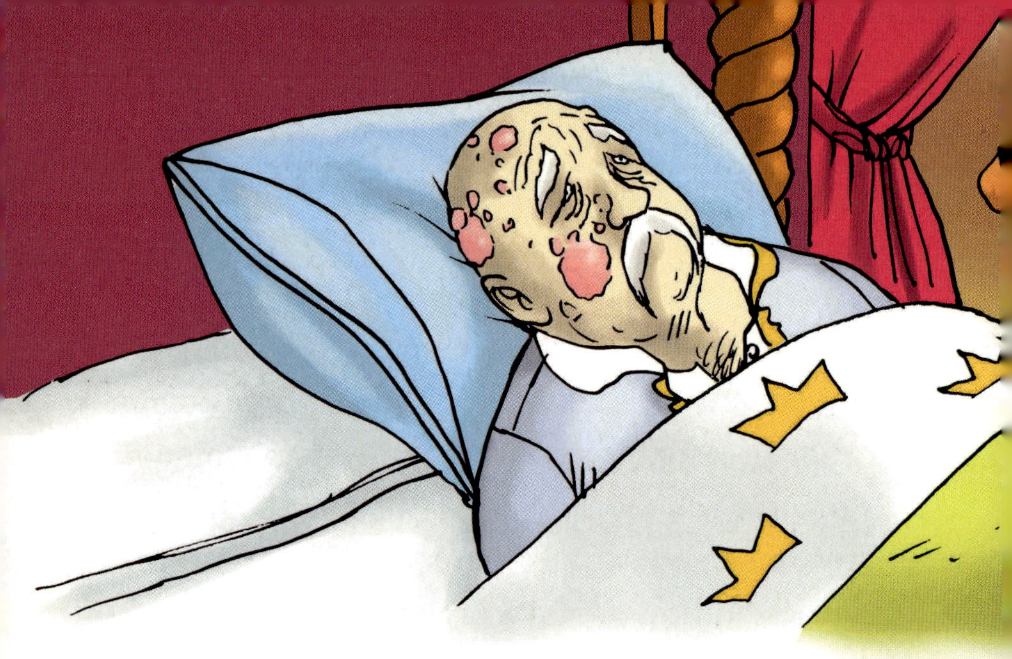

Malik s'empara du traité de médecine chinoise et retrouva sans peine la page où était décrite la maladie d'Igor. Il regarda attentivement la gravure qui l'illustrait pendant que jeune fille découvrait la poitrine du malade :

– Il faut réduire la fleur en onguent et l'étaler sur différents points du corps. C'est en tout cas ce que semble indiquer le dessin.

La jeune fille ouvrit la bourse et en versa le contenu dans sa main. Une poudre nauséabonde s'échappa entre ses doigts.

– Oh, mon Dieu ! Mon lotus pourpre… Il s'est décomposé en traversant le miroir ! se lamenta-t-elle.

Perdant tout espoir, Zélina s'effondra sur le lit de son père. C'est alors qu'elle sentit quelque chose contre sa cuisse.

Elle plongea sa main dans la poche de sa robe et en sortit un petit étui d'acajou. La princesse renifla tristement en le contemplant :

– Dommage que la médecine de maître Lin Zhao ne puisse rien pour toi, papa.

Mais, au moment même où elle prononçait ces paroles, une idée folle lui traversa l'esprit :

– À moins que… Malik, montrez-moi vite le livre !

Quand elle vit la grande gravure, son visage s'éclaira :

– Ces points dessinés sur le corps… La forme qu'ils décrivent ne vous fait penser à rien ?

Malik regarda attentivement la page et fit la moue :

– Euh… je ne sais pas. Une sorte de fleur, peut-être ?

– Un lotus pourpre ! s'exclama la princesse. Cet ouvrage est un manuel d'acupuncture !

Devant la mine interloquée du prince, Zélina ouvrit son étui et commença à piquer la poitrine de son père avec les aiguilles en suivant les indications du livre. Quelques minutes après qu'elle eut enfoncé la dernière, le souffle du roi se fit plus régulier. Il ouvrit les yeux :

– Ma colombe, tu es enfin revenue ! Tu m'as tellement manqué…

Déjà, ses pustules commençaient à disparaître, la fièvre à retomber.

Igor fronça les sourcils :

– Où as-tu trouvé ces aiguilles bienfaisantes ?

La princesse sauta au cou de son père. Des larmes coulèrent de nouveau sur ses joues ; des larmes de joie, cette fois-ci.

– C'est une longue histoire, papa chéri, répondit Zélina malicieusement. J'attendrai que tu sois complètement guéri pour te la raconter… Je ne voudrais pas que tu fasses une rechute !

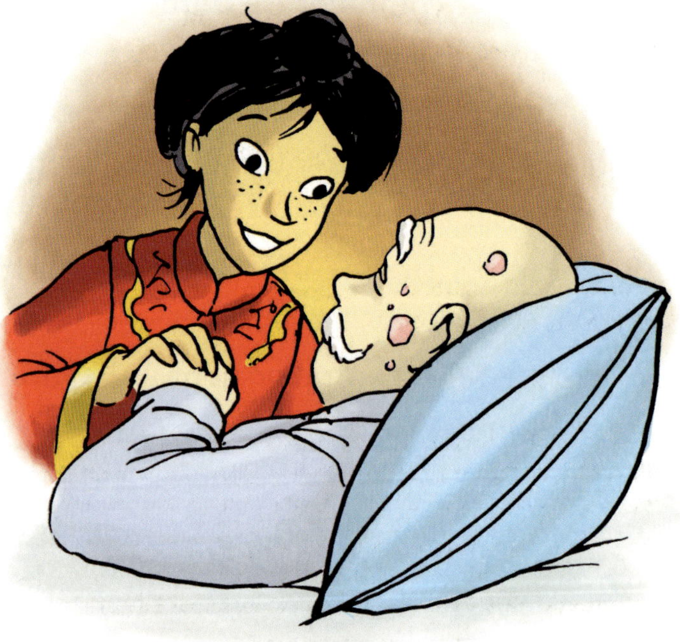

# Dans la même collection




Auteur : Bruno Muscat. Illustrateur : Philippe Sternis
Couleurs : Franck Gureghian. Illustrations 3D : Mathieu Roussel.
D'après les personnages originaux d'Édith Grattery et Bruno Muscat




3, rue Bayard, 75008 Paris
Princesse Zélina est une marque déposée par Bayard.

ISBN : 978-2-7470-2227-9
Dépôt légal : octobre 2007
Loi 49 956 du 16 juillet 1949 sur les publications destinées à la jeunesse



Imprimé par Oberthur Graphique, France

Zélina t'attend dans le magazine Astrapi
PRINCESSE ZÉLINA
Le journal intime de la princesse Zélina
Le 15 septembre
C'est la rentrée et j'ai pris de bonnes résolutions : cette année, j'ai décidé de faire du sport ! Et depuis que j'ai vu les gentilshommes de la garde royale s'entraîner à l'épée dans la cour du château, je sais ce que je veux faire : de l'escrime !
C'est vraiment un beau sport, l'escrime… Quelle élégance !
Aujourd'hui, j'ai pris mon courage à deux mains et j'ai demandé à mon père, le roi Igor, si je pouvais prendre des cours d'escrime. Papa a accepté et convoqué monsieur de la Rapière, le maître d'armes du palais. Celui-ci m'a regardé un peu étonné et il m'a dit que si c'était vraiment ce que je voulais, je pouvais commencer dès demain. Génial !
Depuis, ma chère Ambre, ma demoiselle de compagnie, est très inquiète. Elle trouve que c'est un sport dangereux. J'ai été obligée de lui promettre d'être très prudente. Quant à ma belle-mère la reine Mandragone, elle a évidemment tordu le nez en disant que ce n'était pas une activité pour une jeune princesse. Quelle rabat-joie, celle-là !
34
Le 16 septembre
Ma marraine, Rosette, adore l'escrime et elle a été emballée par mon idée. Pour m'encourager, elle m'a même offert une sublime tenue d'escrimeuse !
Chemise blanche
Gants montants
Grandes bottes
La princesse Zélina en tenue d'escrime.
Après m'être habillée, je suis allée rejoindre monsieur de la Rapière et ses autres élèves dans la salle d'armes. J'avais un peu le trac ! Il m'a d'abord appris à me mettre en garde. Après, il m'a montré quelques mouvements que j'ai répétés seule pendant tout l'après-midi.
Oh là là, je ne croyais pas que c'était si difficile, l'escrime ! On doit garder le bras bien haut et être rapide. J'ai poussé un « ouf » de soulagement quand monsieur de la Ra…re a annoncé que le cours était fini. …, je suis pleine de courbatures…
astrapi
Frères et sœurs
La princesse te confie tous ses secrets !
astrapi le magazine des 7-11 ans.
Astrapi est en vente tous les 15 jours chez ton marchand de journaux, par abonnement au 0825 825 830 (0.15€/min) ou sur Internet www.bayardweb.com